Pedro Antonio de Alarcón

Lo que se oye desde una silla del Prado

Barcelona **2024**
Linkgua-ediciones.com

Créditos

Título original: Lo que se oye desde una silla del Prado.

© 2024, Red ediciones S.L.

e-mail: info@Linkgua-ediciones.com

Diseño de cubierta: Michel Mallard.

ISBN rústica: 978-84-96428-87-4.
ISBN ebook: 978-84-9897-553-6.

Sumario

Brevísima presentación

La vida

Alarcón, Pedro Antonio de (Guadix, Granada, 1833-Madrid, 1891). España.

Hizo periodismo y literatura. Su actividad antimonárquica lo llevó a participar en el grupo revolucionario granadino «la cuerda floja».

Intervino en un levantamiento liberal en Vicálvaro, en 1854, y —además de distribuir armas entre la población y ocupar el Ayuntamiento y la Capitanía general— fundó el periódico *La Redención*, con una actitud hostil al clero y al ejército. Tras el fracaso del levantamiento, se fue a Madrid y dirigió *El Látigo*, periódico de carácter satírico que se distinguió por sus ataques a la reina Isabel II.

Sus convicciones republicanas lo implicaron en un duelo que trastornó su vida, desde entonces adoptó posiciones conservadoras. Aunque no parezca muy ortodoxo, en el prólogo a una edición de 1912 Alarcón es considerado un escritor romántico.

Verano de 1874

—¡Qué noche tan hermosa!

—¡Hermosísima!

—Y ¡qué calor ha hecho hoy!... Figúrese usted que esta mañana...

—Agur...

—Adiós...

—Muy buenas noches...

—Pues, sí, señor; como le iba diciendo a usted...

—¡Ja! ¡Ja! ¡Ja!

—¿Has conocido a ése? Es aquel que el año pasado...

—¡Agua, aguardiente y azucarillos! ¡Agua!

—¡Niñas! ¡Niñas! ¡Más despacio!

—Tenga usted cuidado, Arturo; ¡que nos llama mamá!

—¡Barquillero!

—¡Matilde, eres un ángel!... ¡Eres una diosa!... ¡Eres una!...

—¡Pero, ¡hombre! ¡Esa mujer es una arpía! Gustavo debía divorciarse...

—¡Ramitos y camelias! ¡La vara de nardo a dos reales! ¡Señorito, cómpreme usted una!...

—¡Allá van! ¡Ella es! ¡Aprieta el paso!... ¡Bendita sea la gracia!

—¡Aquí vienen! ¡Ellos son!... ¡Qué tontos!

—¡Caballero! ¡Que no tengo padre! ¡Una limosnita por el amor de Dios!

—¡La Correspondencia!

—Pues bien: ¡desde entonces estoy cesante!... ¡Esto no es país!

—¡Chico! ¡Chico! ¡Buen turrón! ¿Y cómo te las has compuesto?

—Es un cuadro muy bonito. Pero a mí me gusta más aquel en que Pepita Jiménez y el teólogo...

—Lo que usted oye. Murió ab intestato y me correspondió la mitad de la herencia. Yo no le había hablado nunca...

—Lo mismo creo yo. La crisis es infalible. ¡Así no podemos seguir! Cristino será ministro antes de un mes.

—Y ¿qué hiciste tú? ¿Le devolviste su carta con una bala?

—¡Le dí dos bastonazos, y en paz! No tenía él la culpa, sino ella...

—Pues dicen que los carlistas están en Guadalajara...

—¡Mejor!

—¡Lo mismo me da!... ¡Esto es horroroso!

—¡Señorita! ¡Merengues! ¡Acabaditos de hacer!...

—Adiós. Yo me voy al concierto del Retiro. Aquello estará más fresco.

—¡Oh! ¡Si yo encontrara una mujer que me comprendiese! ¡Una mujer...!

—¡Ay! ¡Si yo encontrara un hombre digno de ser amado! ¡Un hombre...!

—Hoy se cierra el juego. ¡Cómpremelo usted, señorito, que va a salir!

—Entonces me apretó la mano y expiró... Tenía veintiséis años.

—¡Pobre Adelaida!

—Pues yo los clasifico de otro modo: Frascuelo es Shakespeare, y Lagartijo es Corneille. Frascuelo representa una revolución en el arte, mientras que Lagartijo...

—¡Nada! Convénzase usted... Todas las cuestiones se resumen en una, que es la cuestión teológica. En mi concepto, la presciencia de Dios y el libre albedrío del hombre son los dos únicos puntos que hay que dilucidar al discurrir sobre la pena de muerte.

—¡De manera que el traje completo te ha venido a costar unos seis mil reales! Para estar hecho en París, no es caro...

—¿Y cree usted que pronto habrá elecciones?

—No sé. Pero los distritos hay que cultivarlos sin cesar. Si logro que me quiten el estanquero de...

—¡Señora, que tengo tres hijos, y soy viuda, y estoy enferma!...

—¡Jesús, qué mendigos éstos! ¡No la dejan a una pasear! ¡Perdone usted por Dios, hermana! Dios la ampare.

—Mamá, llévanos al café Suizo...

—Todavía es muy temprano. Luego iremos...

—Está usted equivocado. Donde reside el alma es debajo de la dura mater, al principio del cerebelo. Drelincour dice...

—¡Mañana sale, jugadores! ¡El 8.250! ¡El premio de 60.000 duros!

—Pero, Manuel: ¿cómo duda usted de mí? ¿Me cree usted capaz...?

—Pues sí, chico: al poco tiempo supe que amaba a otro...

—Oye... ¡Pero no te acerques mucho!...

—¿Qué? ¡Habla!... ¡Habla, bien mío!

—Mañana sigue la novena. ¡Que no faltes!...

—¡Bendita seas!

—¿Yo?... Veinte cuartos. ¿Y tú, cuánto tienes?

—¿Yo?... Una pesetilla...

Entonces podemos ir. ¡Verás qué mujer y qué manera de bailar el can-can!

—¿Y nuestras pérdidas?

—Nuestras pérdidas han sido insignificantes: veinte muertos y un contuso. Los carlistas, en cambio, han tenido más de mil bajas y... tres prisioneros...

—¿Y de qué es el aderezo?

—De perlas. Me ha costado un dineral. ¡Oh! Es una mujer encantadora. Mañana cenamos juntos.

—Igual me pasa a mí con este reuma de todos los diablos. Estoy peor que antes de ir a Archena.

—¿De modo que se casaron anoche?

—Anoche mismo.

—¡Qué barbaridad! ¡Jugar un dos a la derecha contra un cinco! Es una carta que no se da nunca.

—¡Mañana, a las seis, en el baño de la Elefanta! Mi doncella se quedará atrás...

—Según eso, ahora está amaneciendo en La Habana, y son las once del día en la Nueva Zembla.

—Justamente, hijo mío.

—Dime, papá: ¿y creen los moros que todos los cristianos vamos al infierno?

—Te diré...

Mañana, a las ocho, en la Iglesia de San Sebastián... Capilla de la Virgen. Pero ten cuidado, pues mi cochero empieza a escamarse...

—¿Y nada más que por eso se ha suicidado? ¡Qué animal! ¡Habiendo tantas Clotildes en el mundo!

—Señores: los derechos individuales son anteriores y superiores a la ley escrita. El derecho es inmanente y consubstancial de...

—¿Quién es ése?

—Ruiz el peluquero.

—¡Fósforos y cerillas!

—La verdadera felicidad consiste para mí en oír una buena ópera. La música es el arte por excelencia, por lo mismo que no expresa nada terminante.

—¡Señor, que me falta un ochavo para una rosca!

—Tranquilícese usted. Nuestro negocio es segurísimo. El trigo no puede menos de subir este año a noventa reales. Vendemos entonces las diez mil fanegas y compramos cebada...

—¡Oh! ¡Pues lo que es usted se conserva perfectamente! ¡Parece hermana de sus hijas!... ¿Se acuerda usted de Valencia?

—¿No me he de acordar? ¡Qué mundo éste, don Francisco!

—¡Nada! No puedo pagarle a usted... Ejecúteme si quiere. Cargue usted con mi mujer y con mi suegra...

—¡Hombre! Extranjero por extranjero, prefiero un rey alemán. ¡Ahora la cuestión es que quiera venir! En cuanto a Inglaterra...

—¡Partís de un error! El cólera morbo existía ya en tiempo de los Faraones... Cuando yo haga el grado de licenciado, escribiré una Memoria...

—Eduardo, ¡mire usted qué hermosa sale la Luna!

—¡Oh, sí, los radicales tienen la culpa de todo!

—¡Más hermosa es usted, condesa!...

—Pues, en ese caso, tendrá que marcharse como don Amadeo.

—A mí me robaron los cantonales...

—¡Oh! ¡Yo te adoro! ¡Yo te idolatro!

—¡Calla! ¡Que te oyen!...

—Y a mí me han robado los carlistas...

—El cólera fue una de las siete plagas de Egipto...

—¡Eso... lo veremos! Si tu padre se opone, te depositaré judicialmente.

—¡Pobre muchacho! ¡Haberle tocado la quinta! ¡Un pintor tan bueno!

—Yo lo compré a 48, y hoy ha quedado a II.

—Pues yo lo he comprado hoy a II. ¡Veremos lo que el tiempo da de sí!

¡Hemos roto las sillas, los espejos, todo! En fin, nos hemos divertido mucho.

—Mañana predicará en el Carmen. ¡Ya verá usted! Es un verdadero apóstol.

—¡Pobre Enrique mío! ¿Quién había de decirme que se moriría antes que yo?
Crea usted que, si he vuelto a casarme, ha sido solamente...

—Eso va en gustos. Yo prefiero el melón valenciano a la piña de América. La
piña tiene demasiada fibra lechosa.

—¡Pura superstición! ¡El espiritismo es la ciencia de las ciencias y la religión de las religiones!

—Pero, hombre..., ¿dice usted que se ha vuelto loco? ¡Parece imposible! Él fue siempre tonto de remate.

—¡Ahí verá usted!

—Señores..., ¡al tiempo!

—¡Pues yo le repito a usted que el príncipe Alfonso es la fórmula del porvenir!

—¿Y qué tal lo pasan ustedes en La Granja?

—¡Oh! ¡Allí se vive admirablemente! ¡Con tal que los carlistas no vayan a darnos un susto!...

—¡El Cencerro! ¡El Cencerro!

—Vuelvo a aconsejarle a usted que se suscriba. Es un periódico de primer orden.

—¿Y cómo dice usted que se titula?

—La Ilustración Española y Americana.

—¡Ah! Sí, he oído hablar de ella en casa del tío.

   —¿Vámonos?

—Vámonos, que principia a sentirse mucha humedad.

—Hasta mañana,

—Adiós...

—Hasta mañana, Antonio...

—Pepita, hasta mañana.

—¡Niñas, niñas! ¡Más despacio!

—Buenas noches.

—¡Agur!

—¡La Correspondencia!

Libros a la carta

A la carta es un servicio especializado para

empresas,

librerías,

bibliotecas,

editoriales

y centros de enseñanza;

y permite confeccionar libros que, por su formato y concepción, sirven a los propósitos más específicos de estas instituciones.

Las empresas nos encargan ediciones personalizadas para marketing editorial o para regalos institucionales. Y los interesados solicitan, a título personal, ediciones antiguas, o no disponibles en el mercado; y las acompañan con notas y comentarios críticos.

Las ediciones tienen como apoyo un libro de estilo con todo tipo de referencias sobre los criterios de tratamiento tipográfico aplicados a nuestros libros que puede ser consultado en Linkgua-ediciones.com.

Linkgua edita por encargo diferentes versiones de una misma obra con distintos tratamientos ortotipográficos (actualizaciones de carácter divulgativo de un clásico, o versiones estrictamente fieles a la edición original de referencia).

Este servicio de ediciones a la carta le permitirá, si usted se dedica a la enseñanza, tener una forma de hacer pública su interpretación de un texto y, sobre una versión digitalizada «base», usted podrá introducir interpretaciones del texto fuente. Es un tópico que los profesores denuncien en clase los desmanes de una edición, o vayan comentando errores de interpretación de un texto y esta es una solución útil a esa necesidad del mundo académico.

Asimismo publicamos de manera sistemática, en un mismo catálogo, tesis doctorales y actas de congresos académicos, que son distribuidas a través de nuestra Web.

El servicio de «libros a la carta» funciona de dos formas.

1. Tenemos un fondo de libros digitalizados que usted puede personalizar en tiradas de al menos cinco ejemplares. Estas personalizaciones pueden ser de todo tipo: añadir notas de clase para uso de un grupo de estudiantes,

introducir logos corporativos para uso con fines de marketing empresarial, etc. etc.

2. Buscamos libros descatalogados de otras editoriales y los reeditamos en tiradas cortas a petición de un cliente.